LA RESSOURCE COMIQUE,

PIÈCE EN UN ACTE,

MÊLÉE D'ARIETTES;

PRÉCÉDÉE D'UN PROLOGUE.

Par M. ANSEAUME.

La Musique de M. MERAUT.

Représentée pour la premiere fois par les Comédiens Italiens ordinaires du Roi, le Samedi 22 Août 1772.

Le prix est de 30 sols.

A PARIS,

Chez la Veuve DUCHESNE, Libraire, rue Saint-Jacques, au-dessous de la Fontaine S.-Benoît, au Temple du Goût.

M. DCC. LXXII.

ACTEURS DU PROLOGUE.

LE CHEVALIER.	*M. Royer.*
LA MARQUISE.	*Mlle. Desglands.*
LE PEINTRE.	*M. Thomassin.*
LE POETE.	*M. Desbrosses.*
LE MUSICIEN.	*M. Véronese.*
LA RANCUNE, Comédien.	*M. Marignan.*
L'ÉPINE, Valet du Chevalier.	*M. Julien.*
LISETTE, Suivante de la Marquise.	*Mlle. Gaut.*

La Scène est à la Campagne, dans le Château de la Marquise.

PROLOGUE.

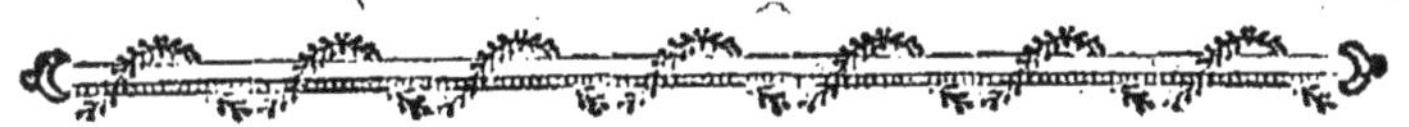

SCENE PREMIÈRE.

LE CHEVALIER, *seul.*

NON, je ne crois pas qu'il soit possible de rien voir de semblable. Qu'on est malheureux d'avoir affaire à de tels animaux! Peintre, Poëte & Musicien sont faits aujourd'hui pour me faire damner.

SCENE II.

LE CHEVALIER, LA MARQUISE.

LA MARQUISE.

AH! vous voilà, Monsieur le Chevalier; je vous cherchois. Où en sommes-nous?

LE CHEVALIER.

Hélas! Madame la Marquise, je n'en ſçais rien. La tête me tourne. (*A part.*) Les bourreaux ne paroiſſent point!

LA MARQUISE.

Avez-vous donné tous les ordres néceſſaires?

LE CHEVALIER.

Oui, Madame, j'ai tout ordonné. (*A part.*) Ah! ſi je les tenois!

LA MARQUISE.

Vous ſçavez ce que je vous ai demandé.

LE CHEVALIER.

Oui.... oui ... Ah, les traîtres!

LA MARQUISE.

Quelque choſe de léger, de galant, de délicat. Vous connoiſſez le goût de M. le Marquis. Vous ſçavez que c'eſt ce qu'il aime.

LE CHEVALIER.

Sans doute.... (*A part.*)... J'enrage.

LA MARQUISE.

Qu'avez-vous donc? A peine daignez-vous écouter ce que je vous dis.

LE CHEVALIER.

J'ai.... j'ai.... j'ai, Madame, qu'il n'y a rien de prêt; du moins j'ai tout lieu de le croire.

LA MARQUISE.

Rien de prêt, Monſieur! Ah! le tour eſt ſanglant! Comment! vous ſçavez que mon époux arrive inceſſamment de l'armée; que j'ai envie de célébrer ſon retour, par une petite fête; vous vous offrez à me ſeconder avec une chaleur qui attire toute ma confiance, & au moment de l'exécution, il n'y a rien de prêt! Il falloit me le dire plutôt, Monſieur; j'aurois fait mes affaires moi-même.

LE CHEVALIER.

Mais, Madame, ce n'eſt pas ma faute: j'ai fait un projet de fête, vous l'avez vu, vous l'avez approuvé; mais pour l'exécuter, il me falloit le ſecours des Artiſtes, des gens à talens. Je me ſuis adreſſé à ceux qui ont le plus de réputation dans leur partie; ils m'ont promis monts & merveilles, & je n'entends point parler d'eux.

LA MARQUISE.

Et ne ſait-on où les prendre? Ces gens-là ſont quelque part ſans doute.

LE CHEVALIER.

Je m'imagine bien où ils pourroient être; mais, en vérité, je n'irai pas les chercher là, moi.

LA MARQUISE.

Eh bien! Monſieur, envoyez-y vos gens: en vérité, vous êtes d'une tranquilité qui ne reſſemble à rien.

LE CHEVALIER.

Et c'est ce que j'ai fait, Madame; & je ne vois plus ni les uns ni les autres. L'Épine, lui, est allé au-devant de nos Comédiens, de peur qu'ils ne s'égarent dans la route; mais là, là, ne vous effrayez pas: je vois déja notre Décorateur.

SCENE III.

LE CHEVALIER, LA MARQUISE, LE PEINTRE.

LE CHEVALIER, *au Peintre.*

AH! Monsieur, vous voilà; & vos camarades, où sont-ils?

LE PEINTRE.

Mes camarades? qu'entendez-vous par-là?

LE CHEVALIER.

Ces deux Messieurs à qui j'ai parlé, comme à vous pour la fête que nous préparons.

LE PEINTRE.

Ah! oui, je sais: un Poëte, n'est-ce pas? Un Musicien?

LE CHEVALIER.

Eh bien?

LE PEINTRE.

Eh bien : mais, Monſieur, ces gens-là ne ſont point mes camarades ; je ſuis Peintre, moi.

LE CHEVALIER.

Je le ſais.

LE PEINTRE.

Et, de plus, le premier de mon art, ſoit dit ſans me vanter.

LE CHEVALIER.

Où ſont-ils enfin ? Voilà ce que je vous demande.

LA MARQUISE.

Allons, allons, ils ſe trouveront ; voyons toujours avec Monſieur ce qu'il a fait.

LE PEINTRE.

Madame s'intéreſſe donc à la choſe ?

LE CHEVALIER.

Oui, Monſieur : c'eſt Madame qui donne la fête à M. le Marquis ſon époux.

LE PEINTRE.

Ah ! Madame, vous ne pouviez mieux faire que de donner à Monſieur le ſoin de la conduire. C'eſt un homme de goût, connoiſſeur en talens...

LA MARQUISE.

Monſieur vous emploie ; c'eſt tout dire. Mais enfin qu'avez-vous fait ? Voyons.

LE CHEVALIER.

Avez-vous saisi mon idée ?

LE PEINTRE.

Si je l'ai saisie! Ah ! vous en jugerez. J'ai plus fait. Je l'ai rectifiée. Je l'ai embellie ; car voilà ce que l'on trouve avec moi, & ce dont peu d'artistes sont capables. La plupart asservis fidèlement aux canevas qu'on leur donne, ne mettent au jour que des productions sèches, stériles ; pourquoi ? Parce que cette partie-là (*Se touchant le front.*) leur manque. Incapables de rien créer par eux-mêmes, ils croient avoir tout fait, quand ils ont suivi de point en point les idées qu'on leur a tracées. Le bel effort ! & quel est le barbouilleur qui n'en feroit pas autant ? Mais moi, moi, Madame ; Monsieur me parle, me dit : nous voulons ceci, nous voulons cela ; pour qui ? Pour célébrer le retour de M. le Marquis ; un Militaire distingué. Aussi-tôt mon esprit s'échauffe, mon génie prend l'essor, j'imagine, je dispose mon sujet, je dessine, je trace, les couleurs se fondent sous ma main ; mon pinceau, en se promenant légerement sur la toile, semble donner la vie à tous les objets qu'il représente, & je produis un chef-d'œuvre.

LE CHEVALIER.

Mais nous ne voulions qu'une bagatelle, un petit bout de décoration.

LE PEINTRE.

J'entends bien, une décoration. Oh ! c'est en quoi je brille, & vous allez voir si je suis au fait.

D'abord j'avois dessein de faire un sallon exagone.

LA MARQUISE.

Et l'avez-vous fait ce sallon ?

LE PEINTRE.

Non, Madame.

LA MARQUISE.

Tant mieux.

LE PEINTRE.

J'ai senti tout de suite que ce n'étoit pas là ce qu'il falloit. L'espace étoit trop borné, je n'aurois pas eu de quoi m'étendre. J'ai donc fait un temple, mais un temple magnifique. Nous n'avons rien dans l'antique ni dans le moderne qui puisse en approcher. Et je le consacre, devinez.... Au Dieu Mars.

LE CHEVALIER.

Comment! Monsieur, je vous demande un paysage pour jouer une Pastorale, & vous m'allez faire un temple!

LE PEINTRE.

Un paysage, Monsieur; c'est trop peu.

LA MARQUISE.

Mais, Monsieur, encore une fois, c'est tout ce que nous voulions.

LE PEINTRE.

Eh bien! Madame je vous en ferai un. Et, tenez, si vous voulez, j'ai ce qu'il vous faut dans mon attelier; c'est un paysage..... Ah! mais il faut le voir en place. Il y a de quoi jouer trente Pastorales pour une.

LA MARQUISE.

Mais, s'il est trop grand, il ne pourra pas nous servir.

LE PEINTRE.

J'en suis fâché; mais pour tout l'or du monde, je n'en rognerois pas une feuille d'arbre. Imaginez-vous que ce sont les champs Élysées. J'y ai mis des ruisseaux dont les bords sont émaillés de fleurs, de vastes prairies où règne un printemps éternel, une foule innombrable d'Ombres heureuses qui s'y promènent....

LE CHEVALIER.

Allez vous y promener aussi; allez, que je n'entende plus parler de vous.

LE PEINTRE.

Cette idée-là ne vous plaît donc pas?

LA MARQUISE.

Non, Monsieur, non. On vous dit que non.

LE PEINTRE.

Cela ne m'étonne point; mais que voulez-vous. J'ai le malheur de ne voir les choses que dans le beau, dans le grand, dans le noble. Adieu, Monsieur: mes talens seront à votre service, quand vous saurez en connoître le prix.

(*Il sort.*)

SCENE IV.

LE CHEVALIER, LA MARQUISE.

LA MARQUISE.

VOILA pourtant de vos gens, Monſieur!

LE CHEVALIER.

Mais, Madame, quandvous m'accablerez, il n'en ſera ni plus ni moins : ce n'eſt, après tout, qu'une décoration qui nous manque; on y ſuppléera du mieux que l'on pourra. L'eſſentiel eſt la Pièce. Et pourvu que nous l'ayons.... Voici, je crois, le Poëte qui s'en eſt chargé.

SCENE V.

LES MÊMES, LE POETE.

LA MARQUISE.

EH bien, Monſieur? notre Paſtorale, vous l'apportez ſans doute?

LE POETE.

Madame, je prévois que vous ne ſerez pas contente; mais je vous aſſure qu'il ne m'a pas été poſſible de faire autrement.

LA MARQUISE.

Que vous ayez fait de votre mieux, c'eſt tout ce que je demande.

LE POETE.

L'entrepriſe, Madame, n'eſt pas aiſée. Suivant le programme que l'on m'a donné, c'eſt une tendre épouſe qui célebre le retour de ſon mari. Quelles idées voulez-vous que la poéſie me fourniſſe là-deſſus ? Quels ſentimens puis-je faire valoir ? L'Amour conjugal ! Ne voilà-t-il pas quelque choſe de bien intéreſſant ?

LA MARQUISE, *au Chevalier.*

Quel Auteur eſt-ce donc là ? C'eſt un impertinent.

LE CHEVALIER.

Que voulez-vous, Madame ? il faut les prendre avec leurs défauts. A cela près, voyons toujours.

LE POETE.

Quoi ?

LA MARQUISE.

Votre Paſtorale.

LE POETE.

Madame, elle n'eſt point faite.

LA MARQUISE, *au Chevalier.*

Vous l'entendez, Monſieur..... Ah ! que je vous en veux !

SCENE VI.

LES MÊMES, LE MUSICIEN, *ivre.*

LE MUSICIEN, *dans la couliſſe.*

Une pinte de vin
Vaut mieux qu'une maîtreſſe.

LE CHEVALIER.

Patience, Madame, j'entends notre Muſicien; ſa gaieté me donne bonne eſpérance.

LE MUSICIEN, *au Poëte.*

Parbleu! mon cher ami, vous êtes un plaiſant original. (*Aux autres.*) Je vous demande pardon, Monſieur & Madame; je vous dirai deux mots tout-à-l'heure, quand j'aurai un peu lavé la tête à ce petit Monſieur-là.

LA MARQUISE.

Parlez-nous d'abord, s'il vous plaît; cauſons un peu de nos affaires.

LE MUSICIEN.

Je n'ai point d'affaires, moi; je n'ai que du plaiſir. Les affaires embrouillent l'eſprit. Le plaiſir le di.... le dilate.

LE CHEVALIER.

Juſte Ciel! Il eſt gris.

LE MUSICIEN.

Doucement donc, vous m'avez fait peur : (*Au Poete, qui veut s'en aller.*) un moment, un moment ; demeurez là.

LE POETE.

Mais, Monſieur....

LE MUSICIEN.

Vous êtes un bélître, mon ami, un pareſſeux. J'ai attendu pendant huit jours les vers que vous m'aviez promis. Me faire attendre huit jours de mauvaiſes paroles !.... Savez-vous bien que ça ne convient pas. Mais je n'en ai pas été la dupe, moi. J'ai toujours fait ma beſogne, à bon compte.

LE POETE.

C'eſt de bonne beſogne, je crois.

LE MUSICIEN.

Meilleure que la tienne, je m'en vante.

LE POETE.

Il ne doit ſortir que de l'excellent d'une tête auſſi raiſonnable, auſſi ſenſée....

LE MUSICIEN.

Ah çà ! Monſieur le Poëte à la glace, tais-toi, je t'en prie. Ne parle d'un Muſicien qu'avec reſpect, entends-tu ? Je ſuis Muſicien, moi.

LA MARQUISE.

Nous le voyons bien.

LE MUSICIEN.

Ah ! Madame, vous tirez ſur moi, parce que j'ai bu un petit coup ; mais c'eſt le zele que j'avois pour vous qui en eſt la cauſe. Quand j'ai vu que je ne voyois pas mon homme aux paroles, j'ai pris le parti d'en faire moi-même. C'eſt tout ſimple çà ; de cette façon, comme vous voyez, j'ai travaillé pour deux, & j'ai.... & j'ai bu de même.

LA MARQUISE.

Voilà ce qu'il ne falloit pas.

LE MUSICIEN.

Pardonnez-moi, Madame, pardonnez-moi ; quand on veut faire du bon, voyez-vous, on ne doit rien négliger..... Auſſi c'eſt du nanan ; heureuſement que je me ſuis ſouvenu du ſujet ; &, plein des idées mâles qu'il m'inſpiroit, j'ai mis ſur mon clavecin deux bonnes bouteilles de vin.

LE POETE.

Bonne précaution.

LE MUSICIEN.

Apparemment. Cela vaut bien, je crois, l'eau de cette fontaine où vous allez vous abbreuver, vous autres rimeurs.... Je me ſuis mis à chanter les louanges de notre héros ; j'ai voulu entrer un peu dans le détail de ſes exploits guerriers. A meſure qu'ils s'offroient à mon imagination, je buvois un petit coup. Inſenſiblement mes bouteilles ſe ſont trouvées vuides ; & ſi, je n'ai fait qu'effleurer le ſujet.

LE POETE.

C'eſt dommage que vous ne l'ayez pas épuiſé.

LE CHEVALIER.

Et tout en buvant un petit coup, vous nous avez bâti une Paſtorale, n'eſt-ce pas ?

LE MUSICIEN.

Une Paſtorale ! Oh ! non, non ; j'ai fait autre choſe.

LA MARQUISE.

Quoi donc ? un Opera ?

LE MUSICIEN.

Un Opera ! Non, ce n'eſt pas.... un Opera.

LA MARQUISE.

Une Comédie, peut-être ?

LE MUSICIEN.

J'y ai penſé..... Tout ce qui m'a retenu, c'eſt que je n'en ſais pas faire.

LE CHEVALIER.

Ah ! je vois ce que c'eſt.... Une Cantate ?

LE MUSICIEN.

Ce n'eſt plus la mode.

TOUS.

Quoi donc ?

LE

LE MUSICIEN.

Une Ronde.... C'eſt gai, c'eſt plaiſant; ça vaut mieux que des louanges fades.

LE CHEVALIER.

Mais une Ronde ſe chante à table, & ne peut pas fournir un ſpectacle.

LE MUSICIEN.

Oh! c'eſt un ſpectacle que vous voulez! Oh! c'eſt différent.

LA MARQUISE, *au Chevalier.*

Avouez, Monſieur, que, quand vous vous mêlez de quelque choſe, vous réuſſiſſez à merveille. (*Au Poëte & au Muſicien.*) Adieu, Meſſieurs, adieu. Que je ſuis malheureuſe!

LE MUSICIEN *ſort en chantant:*

Paiſibles bois, vergers délicieux, &c.

SCENE VII.

LE CHEVALIER, LA MARQUISE.

LE CHEVALIER.

Où est donc le mal de tout cela, Madame ? Nos Comédiens sont en chemin, ils ne peuvent pas tarder ; ils nous donneront une de leurs pièces.

LA MARQUISE.

* Et, sont-ils bons ces Comédiens-là ?

LE CHEVALIER.

Comment ! Ce sont des Acteurs de réputation ; qui ne connoît le célebre la Rancune, l'incomparable Ragotin ?... Mais j'apperçois l'Épine, nous allons en savoir des nouvelles.

* Tout ceci, jusqu'à la fin de la Scéne IX, est tiré du Prologue des *petits Comédiens* de Pannard, tome 2, page 132.

SCENE VIII.

LES MÊMES, L'ÉPINE.

LE CHEVALIER.

EH bien, les Comédiens viennent-ils ?

L'ÉPINE.

Oui, Monſieur.

LA MARQUISE.

Les aurons-nous bien-tôt ?

L'ÉPINE.

Non, Madame.

LE CHEVALIER.

Qu'eſt-ce que cela veut dire ?

L'ÉPINE.

Hélas ! Monſieur.

LA MARQUISE.

Explique-toi donc.

L'ÉPINE.

Hélas ! Madame.

LA MARQUISE.

Eh bien ?

L'ÉPINE.

La voiture est brisée, & la Troupe est embourbée.

LE CHEVALIER.

Que nous dis-tu là ?

L'ÉPINE.

Ce que j'ai vu de mes yeux.

LA MARQUISE.

Comment cela est-il arrivé ?

L'ÉPINE.

Voici l'illustre la Rancune qui va vous en faire le récit.

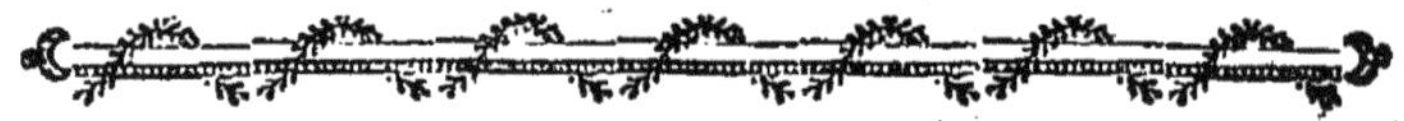

SCENE IX.

LES MÊMES ; LA RANCUNE, *un bras en écharpe & une emplâtre sur la joue.*

(Il déclame.)

JAMAIS nous ne goûtons de parfaite allégresse.
Nos plus heureux succès sont mêlés de tristesse.
Madame, je comptois que ma Troupe, aujourd'hui,
De cet heureux séjour viendroit chasser l'ennui.
Chacun s'étoit flatté de la douce espérance
D'étaler à vos yeux son art & sa science.

Mais un malheur subit a trahi nos desirs,
Renversé notre espoir, & détruit vos plaisirs.
Nous avions presque fait les trois quarts du voyage,
Et nous voyions déja les clochers du Village,
Quand un maudit Chasseur, que le ciel en courroux,
Pour punir nos forfaits, fit approcher de nous,
Voit un oiseau perché sur la branche d'un hêtre,
Sa main, dans le moment, met l'amorce au salpêtre;
Il approche, il ajuste, &, d'un coup effrayant,
Fait voler dans les airs le métal foudroyant.
La terre s'en émeut, les antres en frémissent;
De nos coursiers fringans tous les crins se hérissent.
La terreur les saisit, &, de colere ardens,
Soudain nous les voyons prendre le mords au dents.
Du Guide consterné la voix foible & tremblante
Tâche en vain d'appaiser leur fougue violente.
La voiture, entraînée au gré de leur fureur,
Va donner contre un roc d'une énorme grosseur.
L'essieu crie & se rompt. O spectacle terrible,
Capable d'attendrir l'ame la moins sensible!
Dans un marais bourbeux, Ragotin renversé,
Et dans ses brodequins lui-même embarrassé,
Après avoir long-temps, dans un confus mélange
De livres, de paquets, de poussiere & de fange,
Lutté contre la mort, la fortune & les dieux,
Reste à la fin sans force, & périt à nos yeux.
J'ai vu, Seigneur, j'ai vu les ronces dégouttantes
Porter de ce héros les dépouilles sanglantes.
Comme lui maint Acteur dans son sang est baigné,
Et c'est moi que le sort a le plus épargné.

LA MARQUISE.

Cest fâcheux. Voilà un accident qui est venu bien mal-à-propos ; & quelle pièce comptiez-vous nous donner ?

LA RANCUNE.

L'Iphigénie de Racine.

LA MARQUISE.

C'est ma pièce favorite. Oh ! il nous la faut, il nous la faut absolument.

LE CHEVALIER.

Oui, dussiez-vous tous mourir sur la scene.

LA MARQUISE.

(Air de la Palice.)

Vous la jouerez.

LA RANCUNE.

Eh ! comment
Satisfaire votre envie ?
Peut-être dans ce moment
On trépane Iphigénie.

Si vous voyiez en quel état est Agamemnon !

(Air : *Pierrot se plaint que sa femme.*)

Pouvons-nous sur le théâtre
Mettre un Roi tout fracassé ?
Achille porte une emplâtre,
Ulysse à le bras cassé ;
De notre Orchestre
Le pupître s'est brisé
Sur Clytemnestre. *(Il sort.)*

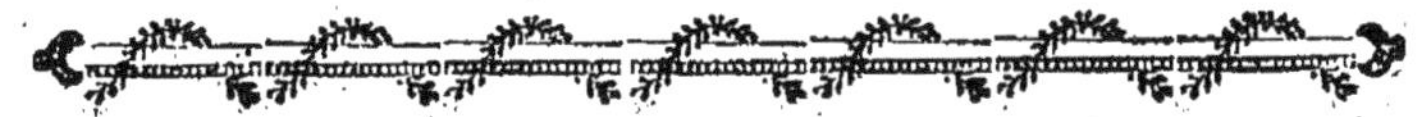

SCENE X.

LE CHEVALIER, LA MARQUISE, L'ÉPINE.

LA MARQUISE.

Autre incident! comment faire à présent?

LE CHEVALIER.

Madame, j'imagine une ressource. Vous savez bien cette petite pièce que vos gens ont jouée le Carnaval dernier?

LA MARQUISE.

Ah! fi donc; c'étoit de la drogue.

LE CHEVALIER.

Je l'ai trouvé fort gentille, moi. Et, après tout, cela vaudra mieux que rien, si nous en pouvons tirer parti. Voyons.... Lisette.

SCENE XI.

LES MÊMES, LISETTE.

LISETTE.

Que souhaitez-vous, Monsieur ?

LE CHEVALIER.

Comment appellez-vous cette petite drôlerie que vous avez jouée cet hiver.

L'ÉPINE.

Et mais, j'y ai joué aussi, moi.

LE CHEVALIER.

Eh ! ... Sans doute. Comment ça s'appelloit-il ?

LISETTE.

Cela s'appelloit la Ressource Comique, Monsieur.

LE CHEVALIER.

Plaisant titre !

LA MARQUISE.

Quand je vous dis, Chevalier, que cela ne vaudra rien.

LE CHEVALIER.

Doucement, Madame... Cette Ressource Comique-là pourra devenir la nôtre. C'eſt que nous voudrions en régaler Monſieur le Marquis à ſon retour. Combien étiez-vous d'Acteurs ?

L'ÉPINE.

Nous étions ſix.

LE CHEVALIER.

Vous voyez bien, Madame, ſix perſonnes ſont aiſées à raſſembler.

L'ÉPINE.

Il eſt vrai, mais c'eſt que.... L'amoureux nous manquera.

LE CHEVALIER.

Ah, ah !

L'ÉPINE.

Et l'amoureuſe auſſi.

LA MARQUISE.

Pourquoi donc ?

L'ÉPINE.

Ils ont pris le dénouement de la picèe à la lettre, Madame. Ils ſont décampés tous deux, & n'ont plus reparu.

LE CHEVALIER.

Ce que c'eſt que ſaiſir l'eſprit d'un rôle ! Et leur vieille tante qui jouoit ſi plaiſamment ?

LISETTE.

Monſieur, elle ne peut plus jouer.

LA MARQUISE.

Et pourquoi ?

LISETTE.

Elle est morte de chagrin, Madame; & le grand flandrin, qui jouoit l'Assesseur, est retourné dans son pays de Falaise.

LA MARQUISE.

Cela suffit. Je renonce à tout. Qu'on ne me parle plus de rien.

LISETTE.

Cela n'empêche pas, Madame. Et, pour peu que cela vous fasse plaisir, l'Épine & moi nous jouerons la pièce.

LA MARQUISE.

A vous deux ?

LISETTE.

Oui, Madame.

LE CHEVALIER.

Vous ferez six rôles à vous deux ?

LISETTE.

Oui, Monsieur. Je sais toute la pièce, d'abord.

L'ÉPINE.

Et moi aussi.

LA MARQUISE.

Allons, allons; il y a de la folie.

LE CHEVALIER.

Prenons-les au mot, Madame; la ſingularité de la choſe en fera le mérite.

LA MARQUISE.

Je vous laiſſe faire; mais....

LISETTE.

Que craignez-vous, Madame? Nous allons répéter devant vous. Et, ſi cela ne vous plaît pas, nous en reſterons-là.

LA MARQUISE.

En ce cas-là, je n'ai plus rien à dire.

LE CHEVALIER.

Courage, mes enfans; votre zèle me raſſure.

L'ÉPINE.

Allez donc vous placer, ſi vous le voulez bien, & laiſſez-nous le champ libre....

LISETTE, *au Public.*

Dans la petite pièce que nous allons hazarder mon camarade & moi,

(AIR: *Du Précepteur d'amour.*)

Nous allons tâcher de remplir
Trois rôles, ſans en rien rabattre.
S'il le falloit, pour vous ſervir,
Meſſieurs, on ſe mettroit en quatre.

FIN du Prologue.

LA RESSOURCE COMIQUE;

OPÉRA-COMIQUE

EN UN ACTE,

MÊLÉ D'ARIETTES.

ACTEURS.

VALERE, Amant de Lucile. FRONTIN, Valet de Valere. M. PLATINET.	*M. Julien.*
LUÇILE. LISETTE, Suivante de Lucile. Me. ARGANTE, Tante de Lucile.	*Mlle. Gaut.*

Nota. Le plan de cette Pièce, & une partie des détails, sont pris dans *la Pièce à deux Acteurs*, de Pannard; Tom. 3, pag. 154.

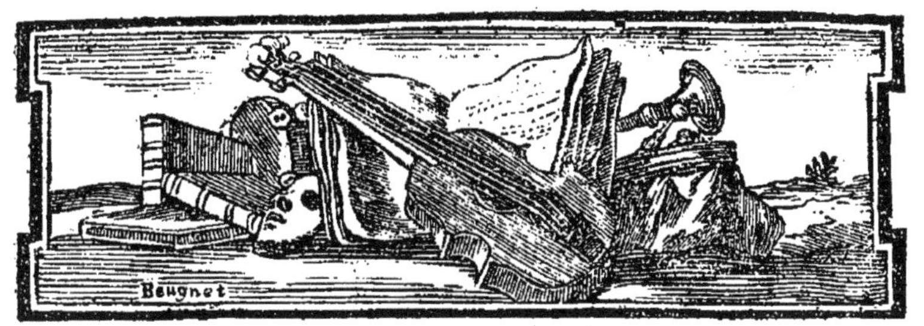

LA RESSOURCE COMIQUE ;

OPÉRA-COMIQUE.

SCENE PREMIÈRE.

FRONTIN, LISETTE.

DUO.

FRONTIN.

Ah ! te voilà, chere Lisette.

LISETTE.

Ah ! te voilà, mon cher Frontin.
Eh bien ?

FRONTIN.

Eh bien, l'affaire est en bon train.
Je la regarde comme faite.

LISETTE.

Quoi ! tout de bon ?

FRONTIN.

J'en suis certain;
Va, va, c'est une affaire faite.
Embrasse-moi, chere Lisette.

LISETTE.

Oh! doucement, mon cher Frontin.
Mais la Tante?

FRONTIN.

On la trompera.

LISETTE.

Le Rival?

FRONTIN.

On le bernera.

LISETTE.

Et ton Maître?

FRONTIN.

Mon Maître épousera.

LISETTE.

Quoi! la Tante?

FRONTIN.

Oui, la Tante.

ENSEMBLE.

On la trompera.
Le Rival, on le bernera.
Et ton Maître } épousera.
Et mon Maître }

LISETTE.

Et Lisette?...

FRONTIN.

Lisette épousera Frontin.
Es-tu d'accord?

LISETTE.

Je le veux bien.

FRONTIN.

Eh bien, eh bien!
C'eſt une affaire faite.
Embraſſe-moi, chere Liſette.

LISETTE.

Oh! doucement, Monſieur Frontin.

FRONTIN.

Ne fais donc pas tant la revêche.

LISETTE.

Ne ſois donc pas ſi empreſſé.

FRONTIN.

C'eſt que je ne ſuis point d'humeur à travailler gratis, vois-tu! Il y a bien ſix jours que Monſieur Valere, mon Maître, a trouvé moyen de me faire entrer dans cette maiſon, où j'ai le plaiſir d'être ton camarade : laiſſe-moi jouir des revenans bons de ma place, ou j'abandonne tout, d'abord.

LISETTE.

Et la promeſſe que je t'ai faite, la comptes-tu pour rien?

FRONTIN.

Oh! ſi fait. C'eſt bien quelque choſe en eſpérance; mais j'aime la réalité, moi.

LISETTE.

Mets-toi donc en état de la mériter; preſſe le

plus que tu pourras le mariage de ton Maître, & puis nous parlerons. Voyons, où en es-tu?

FRONTIN.

En buvant avec le Jardinier, j'ai sçu lui escamoter la clef de la petite porte du jardin : Valere doit s'y rendre dans un quart-d'heure ; je ferai en sorte de l'introduire secrettement dans ce cabinet, pour lui procurer une entrevue avec sa Maitresse. Et toi Lisette, à quoi as-tu exercé ton merveilleux génie?

LISETTE.

J'ai préparé cette armoire, de façon qu'en cas de surprise, Valere puisse s'y mettre à couvert.

FRONTIN.

Madame Argante n'a donc qu'à se bien tenir ; mais aussi de quoi s'avise-t-elle de vouloir donner sa nièce à Monsieur Platinet?

LISETTE.

Platinet! voilà un nom qui me dégoûteroit du mariage pour toute ma vie.

FRONTIN.

Un benêt de Praticien du pays de Caux, qui a fait fortune je ne sçais comment ; qui parle toujours le langage de la Basoche : fi! au Diable ; en vérité, quand je n'aurois aucun intérêt à travailler pour Lucile, la pitié me feroit agir pour elle.

LISETTE.

Tu as pourtant bon cœur, Frontin ; & cela me fait plaisir.

FRONTIN.

Ah! çà, il eſt temps que j'aille ouvrir à Valere.

LISETTE.

Oui. Va vîte.

FRONTIN *va & revient.*

Ah! à propos : écoute donc.

LISETTE.

Quoi?

FRONTIN.

Mais.... Motus.

LISETTE.

Eh bien?

FRONTIN.

Tu ne ſçais pas.

LISETTE.

Non. Quoi?

FRONTIN.

Approche, que je te diſe.

LISETTE.

Parle donc.

FRONTIN.

C'eſt qu'il me faut....

LISETTE.

Quoi ?

FRONTIN.

Cela.

(*Il l'embrasse à la dérobée.*)

LISETTE.

Monsieur Frontin, nous nous brouillerons : je vous le dis sérieusement ; je n'aime point ces façons-là.

FRONTIN.

Tu veux faire l'innocente, & cela ne te va pas ; va, mon enfant, laisse-là les grimaces, & fais comme moi. Tiens, vois-tu ! j'y vais tout franchement.

ARIETTE.

Avec moi sois sans façon,
Et trève du badinage.
Tu me plais, je suis bon garçon.
Que veux-tu chercher d'avantage ?
Si nous n'avons pas de biens,
Mes talens, aidés des tiens,
Feront les frais du ménage.
Va, quand on en sçait faire usage,
Les talens valent du bien.
Nous ne manquerons de rien.
Avec moi sois sans façon, &c.

LISETTE.

Eh ! va-t-en donc. Si ton Maître t'attend, veux-tu le faire impatienter ?

FRONTIN.

Je cours où le rendez-vous m'appelle. Toi, reste ici pour recevoir Valère. Sans adieu, mon adorable.

(*Il sort.*)

SCENE II.

LISETTE, *seule.*

COURAGE, Lisette : l'affaire est en bon train. Nous n'avons que deux ennemis à combattre, & nous sommes six ; Valere, Lucile, Monsieur Richard son Tuteur, Frontin, l'Amour & moi. Oui, Madame Argante ; oui, c'est moi qui, malgré vos beaux projets pour marier Lucile à Monsieur Platinet, prétends absolument la donner à Valere.

ARIETTE.

Je le veux, & cela suffit.
Que la Tante
Se tourmente,
Qu'elle peste, qu'elle crie ;
Que m'importe sa furie ?
Je l'ai mis là. (*Se touchant le front.*) Tout est dit.
Elle a beau faire du bruit ;
Je le veux, & cela suffit.

Au bout du compte, qu'est-ce que je risque

dans tout ceci? Mon congé; voilà le pis. En tout cas, Monsieur Valere est homme à me dédommager de tout. Allons, allons, plus de réflexions.

VALERE, *dans la coulisse.*

Frontin, demeure-là, pour observer tout ce qui se passe.... Écoute, que je te dise un mot.

LISETTE.

Le voilà justement. Préparons-lui notre compliment, & faisons bien notre devoir de soubrette. Il n'y a que les honteux qui perdent, une fois.

AIR: *Donnez, Amans, mais donnez bien.*

Pour réussir en amourette,
Jamais il ne faut ménager.
Le vrai moyen pour engager,
C'est d'accompagner la fleurette.

VALERE, *continuant de parler à Frontin dans la coulisse.*

Entends-tu? Fais bien ce que je te dis.

LISETTE, *continuant son couplet.*

Donnez, Amans; mais donnez bien.
Donner mal, c'est ne donner rien.

SCENE III.

LISETTE, VALERE.

VALERE.

BON JOUR, Lisette. Te voilà de bonne humeur, mon enfant.

LISETTE.

Monsieur, c'est une Chanson que j'aime à la folie.

Donnez, Amans, mais donnez bien....

La jolie pensée! on n'en fait plus comme cela.

VALERE.

Dis-moi, ma chere amie; aurai-je bien-tôt le bonheur d'entretenir Lucile?

LISETTE.

Oui, Monsieur. Frontin vous a sans doute informé....

VALERE.

Il m'a rendu compte de ton zèle & de tes talens; je te suis obligé.

LISETTE, *à part.*

Voilà une obligation bien sèche. (*Haut.*) Monsieur Frontin se connoit en mérite. Ce qu'il dit de vous en est une preuve. Par exemple, il m'a assuré que vous êtes l'homme du monde.... le plus.... généreux....

VALERE.

Je t'entends. (*Il lui donne une bourse.*) Tiens, Lisette, & cours avertir Lucile.

LISETTE.

Je crois qu'elle n'est pas encore de retour.

VALERE.

Comment! elle est sortie?

LISETTE.

Oui, Monsieur. Elle est allée à deux pas d'ici avec Madame sa tante. Je ne me souviens pas bien de l'endroit. Ah!... je sçais, je sçais. Tenez, Monsieur, c'est proche de cet Horloger, où vous vouliez l'autre jour m'acheter une montre.

VALERE.

Oui-dà! (*A part.*) La fine mouche!

LISETTE.

Oh dame! Monsieur, je suis reconnoissante, comme vous voyez; je me souviens non-seulement du plaisir qu'on m'a fait; mais encore de celui qu'on m'a voulu faire.

VALERE.

C'est ce qui me paroît. Tiens, prends celle-ci en attendant,

(*Il lui donne sa montre.*)

LISETTE.

Vous ne sçauriez croire le profit qu'elle vous fera à présent.

ARIETTE.

Une montre est nécessaire
A qui sert les amans.
Dans l'amoureux mystere,
Il faut saisir le temps.
La vôtre me paroît bonne;
J'aurai soin qu'elle sonne,
Sans se déranger,
L'heure du berger.

VALERE.

Ma chere Lisette, je t'en conjure, va voir si Lucile est rentrée. Dis-lui que Valere l'attend ici, pour lui jurer un amour éternel.

LISETTE.

J'y cours. Pour vous amuser, en attendant, lisez cette pièce d'éloquence que j'ai trouvée tantôt sur la toilette de Madame. C'est un chef-d'œuvre de l'art, dont votre rival a regalé Lucile à son lever.

VALERE.

Quel est ce rival?

LISETTE.

Le personnage dont Frontin a dû vous parler... Monsieur Platinet, dont vous verrez les surnoms

& qualités dans cette merveilleuse production de son génie. Je reviens dans l'instant.

(*Elle sort.*)

VALERE.

Que les momens sont longs, quand on attend ce que l'on aime ! Voyons donc ce que c'est que cela. Comment ! c'est une Requête. A Mademoiselle, Mademoiselle Lucile.... Supplie humblement.....

LISETTE, *revenant.*

Monsieur, Monsieur....

VALERE.

Eh bien, Lisette ?

LISETTE.

Votre Maitresse va rentrer. Je l'ai vue par la fenêtre qui revient avec Madame Argante. Ah ! à propos, j'avois oublié de vous montrer cette armoire. Nous vous y avons préparé une retraite, en cas que quelques fâcheux viennent troubler votre entretien. Vous n'aurez qu'à tirer ce rideau sur vous ; il vous sera facile de tout entendre, sans être vu.

(*Elle sort.*)

VALERE.

La précaution est bien imaginée.

SCENE IV.

VALERE, *seul.*

Je vais donc voir enfin l'objet d'où dépend ma félicité. Il faut aimer pour concevoir tout ce que j'éprouve en ce moment.

ARIETTE.

De l'amant le plus tendre,
Daigne, Amour, daigne entendre
Les vœux ardens.
Rends mes desirs contens.
Enivré de tes flammes,
Que j'en goûte enfin la douceur.
Prouve-moi que les traits dont tu blesses les ames,
Ne partent de tes mains, que pour notre bonheur.
De l'amant le plus tendre, &c.

Lucile ne paroît point encore. Lisons donc, en attendant, cette supplique amoureuse. Le style m'en paroît neuf. Supplie.... (Peut-on voir plus d'impertinences ?) Gilles Nicodême Platinet, disant que la Dame Argante lui auroit cédé.... la propriété de sa nièce.... aux clauses & conditions dont les parties sont convenues. Ce considéré, il vous plaise, Mademoiselle, octroyer au suppliant votre consentement, pour procéder aux fins dudit Acte, & se mettre, dès ce jour, en posſeſſion de votre perſonne.... Le tout, ainſi qu'il ſe pourſuit & comporte, & vous ferez bien ; Pſatinet. Ma foi, l'ouvrage eſt digne de l'Auteur.

LUCILE, *dans la couliſſe.*

Liſette, êtes-vous-là ?

LISETTE, *dans la couliſſe.*

Oui, Mademoiſelle.

VALERE.

Ah ! c'eſt Lucile ! je n'en puis douter au mouvement que ſa voix excite dans mon cœur.

LUCILE, *dans la couliſſe.*

Venez me déshabiller.

LISETTE, *dans la couliſſe.*

Eh non ! Mademoiſelle, vous n'avez pas le temps. Valere vous attend ; allez, allez. Je vais trouver Madame votre tante, de peur qu'elle ne vienne vous troubler.

SCENE V.

VALERE, LUCILE.

VALERE.

CHARMANTE Lucile, il m'eſt donc enfin permis de vous voir ! Que mes peines ſont bien payées par le plaiſir que je reſſens ! Vous paroiſſez inquiette ; venez, ne craignez point d'approcher du plus fidele des amans.

LUCILE.

Valere, la démarche que je fais aujourd'hui, vous prouve ma confiance. Je me flatte que vous n'en abuſerez pas.

VALERE.

Par quels ſermens faut-il ? . . . .

LUCILE.

Je vous en diſpenſe ; je vous connois trop bien pour douter de vos ſentimens. Tout ce qui me fait de la peine, c'eſt de voir que nous ayons tant d'obſtacles à ſurmonter. Je crains que votre conſtance ne ſe laſſe....

VALERE.

Ah Lucile ! que dites-vous-là ?

DUO.

VALERE.

Ma tendresse
S'augmente pour vous sans cesse ;
Et l'espoir du bonheur
Anime mon ardeur.

LUCILE.

L'espérance
Soutient aussi ma constance.
L'Amour doit à nos feux
Le sort le plus heureux.

ENSEMBLE.

Ma tendresse
S'augmente pour vous sans cesse ;
Et l'espoir du bonheur
Anime mon ardeur.

VALERE.

Oui, malgré tous les jaloux,
Je ne respire que pour vous.
Mon hommage
Ne sera jamais volage.
Constant dans mon choix,
A vivre sous vos loix
Je borne mes desirs,
Et mes plaisirs.

Ma tendresse
S'augmente pour vous sans cesse;

Et l'espoir du bonheur
Anime mon ardeur.

LUCILE.

L'espérance
Soutient encor ma constance.
L'Amour doit à nos feux
Le sort le plus heureux.

ENSEMBLE.

Ma tendresse
S'augmente pour vous sans cesse;
Et l'espoir du bonheur
Anime mon ardeur.

VALERE.

Jusqu'à présent, nous avons tout lieu d'espérer. Je viens de chez M. Richard qui m'a paru dans les meilleures dispositions du monde. Il m'a protesté qu'il se livreroit aux dernieres extrémités, plutôt que de souffrir que mon rival vous épouse.

LUCILE.

Le connoissez-vous, votre rival? Savez-vous à quel point il est redoutable?

VALERE.

Je sçais ce qu'il sait faire. Lisette m'a montré de son ouvrage. Comment donc! il attaque votre cœur, comme la Justice attaque une succession!

LUCILE.

Paix, taisez-vous. J'entends quelqu'un. C'est M. Platinet, c'est lui-même.

VALERE.

Tout de bon ?

LUCILE.

Motus. Cachez vous vîte dans cette armoire.

VALERE, *se cache.*

M'y voilà. Tâchez de vous en défaire au plutôt

LUCILE, *avec impatience.*

Paix donc, paix donc. S'il alloit vous entendre, tout seroit perdu ; fermez bien le rideau. Bon : je défierois à présent un Argus de vous voir. Notre homme ne paroît point.... Se seroit-il retiré : nous ne sommes pas si heureux.

ARIETTE.

ah ! ah ! ah ! ah ! le voilà qui s'avance :
Qu'il est charmant, qu'il a belle prestance !
Il est fait pour charmer.
D'un galant aussi tendre
Qui pourroit se défendre ?
Mon cœur va s'enflammer.
Quest-ce donc qui l'arrête ?
Ah ! le trait est nouveau.
C'est qu'il fait sa toilette
Pour paroître plus beau.
Devant toutes les glaces,

Comme

Comme il fait des grimaces
Pour régler ſon maintien !
Fort bien ! fort bien ! fort bien !
Sa démarche empéſée,
Son allure poſée,
D'un grave Magiſtrat
Lui donnent tout l'éclat.
C'eſt Fier-en-fat. C'eſt Fier-en-fat.
C'eſt Monſieur Fier-en-fat,
Brillant dans ſon éclat.

Ah ! ah ! ah ! ah ! le voilà qui s'avance, &c.

Si ſon langage eſt auſſi comique que ſa figure : je vais bien m'amuſer. Il faut l'avouer, un pareil choix fait honneur au goût de ma tante.

SCENE VI.

LUCILE, PLATINET.

PLATINET.

ARIETTE.

De l'ordre exprès d'un petit Dieu,
Qui met pour vous mon cœur en feu,
Par-devant vous je comparais,
Pour rendre hommage à vos attraits.
Daignez ouïr bénignement
Les vœux ardens d'un tendre amant,
Et, par un doux consentement,
Dans tous les droits d'heureux époux,
L'introniser auprès de vous.

LUCILE, *bas, du côté de l'armoire.*

Le début est galant ; l'entendez-vous ?

PLATINET.

Vous ne répondez rien.... Je suis pourtant fondé en titre, dà. Sachez, qu'en vertu de l'ordonnance de Madame votre tante, j'ai hypothèque spéciale sur votre cœur.

LUCILE.

Je le sais.

PLATINET.

J'attends une réponse définitive. Protestant,

qu'en cas de refus, je me pourvoierai par toutes les voies dûes & raisonnables. Prononcez donc, s'il vous plaît.

LUCILE, *naïvement.*

Monsieur.....

PLATINET.

Oh! je suis comme cela, moi; dans le même jour je vous lâche l'exploit; j'obtiens sentence; je vous la signifie; je passe outre à l'exécution, non-obstant appellation, oui, appellation quelconque, & je vous appréhende au corps.

(*Il va l'embrasser.*)

LUCILE.

Doucement, doucement, Monsieur! de la façon dont vous vous y prenez, il n'est pas possible de vous rien refuser. Je vous avouerai donc, puisque vous l'exigez, que ce jour est pour moi un des plus heureux de ma vie, & qu'il m'a fait voir tout ce que j'aime au monde.

PLATINET.

Ah! eh bien! voilà l'aveu que je demandois. On sait à quoi s'en tenir.

LUCILE, *riant du côté de l'armoire.*

Il le prend bien.

PLATINET.

Qu'avez-vous?

LUCILE, *naïvement.*

Je suis si troublée de l'aveu que je viens de

vous faire, que je n'ose presque plus vous regarder. Jamais je n'en ai tant dit à personne, non.

PLATINET, *riant d'un air nigaud.*

La pauvre fille ! elle m'aime à la folie. Tu me charmes, mon petit cœur : quand veux-tu terminer ? Le cas requiert célérité.

LUCILE, *affectueusement, du côté de l'armoire.*

Dès aujourd'hui, si nous pouvons.

PLATINET.

Oh dame ! c'est que tu seras heureuse avec moi ; je ne suis pas un amoureux du commun.

LUCILE.

Je le vois.

PLATINET.

Pour du bien, nous en avons, & du meilleur, sans compter de grosses prétentions. Ainsi, mon enfant, je compte, qu'en faveur du futur, par considération pour le mérite dont il est doué, & les avantages qu'il t'apporte, tu renonceras à la coutume de Paris ; c'est-à-dire, que tu seras douce, sage, économe.

LUCILE.

C'est bien mon intention.

PLATINET.

Que tu te donneras toute entiere à lui, sans restriction ni réserve aucune.

LUCILE.

Il peut bien y compter.

PLATINET *rit, en lui prenant la main.*

Eh ! eh ! eh ! te voilà engagée ; il n'y a plus à s'en dédire.

LUCILE.

J'en ferois bien fâchée.

PLATINET.

Mais, là.... regarde moi donc un peu ; tu as toujours les yeux tournés du côté de cette armoire ; c'est la cachette aux écus de Madame Argante : tu voudrois bien avoir ce qu'il y a dedans, n'est-ce pas ?

LUCILE.

Je compte bien le posséder un jour.

PLATINET.

La bonne femme a toujours été ménagère ; je parie qu'il y a là-dedans un bon trésor.

LUCILE.

Meilleur que vous ne pensez ; (*Bas.*) je vais le congédier. (*Haut.*) Monsieur Platinet, si vous êtes dans l'intention de m'épouser ; il est temps d'agir sérieusement. Hâtez-vous de conclure avec ma tante : je souffre de vous voir. J'ai passé des momens précieux en discours inutiles.

PLATINET.

C'est bien dit, mignonne ; je cours presser Madame Argante de mettre la derniere main à nos conventions matrimoniales.

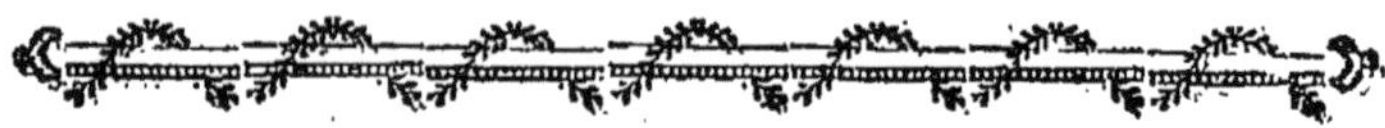

SCENE VII.

LUCILE; VALERE, *caché.*

LUCILE.

Qu'il est sot ! Heureusement, j'en suis débarrassée. Hé bien ! Valere, vous le connoissez ce rival redoutable. N'a-t-il pas de quoi vous allarmer ? Mais.... rassurez-vous.

ARIETTE.

Non, non, Valere, entre vous deux,
Ne croyez pas que je balance ;
Opposons toujours la constance
Aux coups d'un destin rigoureux.
Non, non, Valere, entre vous deux,
Ne croyez pas que je balance.
Votre amour seul flatte mon cœur.
Peut être, hélas ! à mon vainqueur
Je devrois cacher mon ardeur ;
Mais je parle comme je pense.
Non, non, Valere, entre vous deux,
Ne croyez pas que je balance.

J'entends heurter, chut, cachez vous bien ; c'est Frontin ; son empressement me donne de l'inquiétude. Voyons ce que c'est. Je vous en rendrai compte.

SCENE VIII.

LUCILE, FRONTIN; VALERE, *caché.*

FRONTIN.

Ouf!

LUCILE.

Te voilà bien essoufflé; quelles nouvelles?

FRONTIN.

De très-mauvaises. La mêche est découverte; le Jardinier a dit à Madame qu'il avoit vu entrer un inconnu dans le jardin. Elle est actuellement à fureter dans tous les bosquets.

LUCILE.

Ciel!

FRONTIN.

Ne vous allarmez point; Monsieur Richard vient de me donner cette lettre. Allez la communiquer à votre amant, tandis que je ferai le guet.

(*Il sort.*)

SCENE IX.

LUCILE; VALERE, *caché.*

LUCILE.

Cruelle destinée ! Hélas ! un secret pressentiment m'avoit avertie de ce malheur. Qu'allons-nous devenir ! Voyons, consultons-nous. (*Elle approche de l'armoire.*) Mon cher Valere, nous sommes perdus ; ma tante sait que vous êtes dans sa maison.

VALERE.

J'ai tout entendu. Mais ma chere Lucille, il faut faire tête au malheur. Que veut dire la lettre que Frontin vous a remise ?

LUCILE.

La voici : elle est de mon Tuteur. (*Elle lit.*) Ma chere Pupille, j'apprends avec douleur la situation cruelle où vous réduit l'injustice de votre tante ; si elle s'obstine à vouloir forcer votre inclination, ne balancez point à venir me trouver avec Valere ; je connois sa probité. Vous trouverez l'un & l'autre, dans ma maison, un asyle contre vos persécuteurs.

VALERE.

Belle Lucile ! si vous m'aimez, c'est aujourd'hui qu'il faut m'en donner des preuves. Allez trouver votre Tuteur.

LUCILE.

Mon cœur eſt aſſez de cet avis ; mais je n'oſe.

VALERE.

Et pourquoi ?

LUCILE.

C'eſt ma tante qui m'a élevée, qui m'a tenu lieu de mere; il y auroit de l'ingratitude à l'abandonner ainſi ; & d'ailleurs la bienſéance....

VALERE.

Quoi ! Lucile, votre Tuteur vous autoriſe ; vous n'avez que ce moyen pour vous conſerver à moi, & vous balancez ! Ah Lucile ! vous ne m'aimez point.

LUCILE.

Mais, quand je ſerai partie, que deviendrez-vous ?

VALERE.

Faites dire à Liſette qu'elle m'envoye un de ſes habits : ſous ce déguiſement, je m'échapperai à la faveur des ténèbres, & j'irai vous rejoindre.

LUCILE.

Eh bien ! Valere, vous l'emportez, & je prends mon parti.

ARIETTE.

Rien ne doit me retenir,
Quand la fuite est nécessaire;
Rien ne doit me retenir.
Devoir cruel, laisse l'amour agir.
Du joug de ta loi sévere,
En ce moment, j'ose m'affranchir:
Mais c'est pour t'obéir;
Mais c'est pour te servir,
A l'avenir,
D'une façon plus chere.
Rien ne doit me retenir
Quand la fuite est nécessaire;
Rien ne doit me retenir.
Devoir cruel, laisse l'amour agir.

SCENE X.

FRONTIN, LUCILE; VALERE, *caché*.

LUCILE.

C'EST toi, Frontin ? Que fait ma tante ?

FRONTIN.

Le décompte de Lisette. Le mien est déja fait ; &, pour le solder, la très-honnête Dame vient de m'appliquer une couple de soufflets.... Ah!... les meilleurs qu'on puisse jamais donner... Tudieu, comme elle appuie !

LUCILE.

C'est-à-dire que vous êtes tous deux congédiés.

FRONTIN.

Dans les formes. Nous n'avons plus qu'un quart-d'heure à rester ici ; profitez-en.

LUCILE.

Va dire à Lisette qu'avant son départ, elle ne manque pas d'apporter un de ses habits à Valere, pour faciliter son évasion.

FRONTIN.

Cela est dit.

LUCILE.

Comment ?

FRONTIN.

La même idée nous est venue à Lisette & à moi; nous sommes convenus qu'elle apporteroit ici dans un moment ce qu'il faut à mon maître pour le travestir. Vous pouvez, sans inquiétude, vous retirer chez votre Tuteur.

LUCILE.

J'y vais : fais de ton mieux, pour empêcher que Valere ne soit surpris.

FRONTIN.

J'en aurai soin, soyez tranquille.

SCENE XI.

FRONTIN; VALERE, *caché.*

FRONTIN.

Mais un petit moment donc. J'ai oublié quelque chose; ah! je m'en souviens.... Mademoiselle, un petit mot, je vous prie : vous avez la clef de l'armoire; donnez-la moi pour mettre notre prisonnier en liberté.

LUCILE, *dans la coulisse.*

Tiens, remets-la à Valere, & dis-lui que je pars.

FRONTIN.

Male-peste! Nous avions oublié le principal.

Monsieur, ne vous impatientez pas. Lisette ne doit pas tarder.

(*Il prête l'oreille, comme si Valere lui parloit.*)

ARIETTE.

Hem ! hem ! sans doute je l'ai ;
Silence, silence. La clé ?
Eh bien ! je l'ai.
Modérez ce transport.
Hem ! hem ! ne sortez pas encor.
Lisette va venir :
Paix donc, il faut vous travestir.
Lisette va bientôt venir :
Vous sortirez tout à loisir.
Chut! chut! la Tante en courroux
S'en vient droit à nous.
Je l'entends à sa toux.
Hou, hou ; entendez-vous sa toux ?
Jentends.... Mais, Monsieur, cachez-vous.
Paix donc, voulez-vous bien finir.
La Tante va venir :
J'entends.... Mais sachez vous tenir.
Hou, hou ; entendez-vous sa toux ?
Monsieur, la Tante vient à nous.

Je me sauve ; car, après le congé qu'elle m'a donné, il ne feroit pas bon ici pour moi.

(*Il sort.*)

SCENE XII.

Mme. ARGANTE; VALERE, *caché*.

Mme. ARGANTE.

ARIETTE.

Je suis satisfaite;
Frontin & Lisette
Ne sont plus céans.
Je suis satisfaite;
J'ai fait maison nette.
Me voilà défaite
De deux garnemens.
Comment! l'impudente,
Soubrette intrigante,
Quand je suis absente,
Nourrit & fomente
L'espoir d'un amant;
Et, sans mon agrément,
Par l'appas d'un présent,
Que sans doute elle attend,
Fait cacher le galant.
Oh! oh! qu'elle y vienne,
Je la recevrai.
Oui, oui, pour sa peine,
Je l'arrangerai.

Mais ce n'est pas tout; il y a encore ici quelqu'un de trop. J'ai entendu parler d'un certain Valere, que l'on vouloit faire évader, en lui donnant des habits de femme.... Où peut-il être caché ? J'ai visité toute la maison sans le découvrir. Sans doute, il est ici..... Et cette armoire que je vois, pourroit bien être le lieu de sa retraite. Il me vient une idée. Contrefaisons la voix de Lisette : le godelureau avec qui elle est d'intelligence, ne manquera pas de donner dans le piége.... Essayons.... Hem... hem.... Monsieur.

VALERE.

Est-ce toi, Lisette ?

Madame ARGANTE.

Oui, c'est moi.

VALERE.

M'apportes-tu l'habit en question ?

Madame ARGANTE.

Oui, Monsieur. (*A part.*) Mon stratagême réussit.

VALERE.

Où es-tu ? Je ne te vois pas. D'où vient n'as-tu pas de lumiere ?

Madame ARGANTE.

C'est que j'avois peur d'être vue de Madame Argante ; vous savez qu'elle m'a congédiée.

VALERE.

Tu n'y perds pas beaucoup. C'est une folle..... Que j'aurai de plaisir à l'attrapper ! ah, ah, ah, ah.

Madame ARGANTE, *à part.*

Et, oui, oui, nous allons bien rire.

VALERE.

Elle va être bien surprise, quand elle apprendra que je suis maître de Lucile.

Madame ARGANTE, *à part.*

Tu ne l'es pas encore.

VALÈRE.

Que je la hais, cette Madame Argante! mon aversion pour elle est aussi forte que mon amour pour sa nièce.

Madame ARGANTE.

Vous n'avez pas affaire à une ingrate; je vous en réponds.

VALERE.

Autant Lucile est aimable; autant sa tante est vieille, laide & méchante.

Madame ARGANTE.

L'insolent! Est-ce que je suis si laide qu'il le dit?

ARIETTE.

Suis-je digne qu'on me déteste?
Non vraiment: le traître à grand tort.
Sans me flatter, j'ai certain reste
Qui pourroit bien passer encor.

VALERE.

Lisette, tu me fais bien attendre; donne-moi cet habit.

Madame

Madame ARGANTE.

Je vais chercher de la lumiere : vous ne verriez pas à vous habiller.

VALERE.

Depuis le départ de Lucile, ce gîte-ci m'ennuie fort. Tu m'impatientes. Viens donc, si tu veux.

Madame ARGANTE.

Me voilà.

VALERE.

Tiens, prends la clef, ouvre.

Madame ARGANTE.

Tout-à-l'heure.

VALERE, *sortant.*

Ma chere Lisette, que je te suis! .. Ouf!

Madame ARGANTE.

Eh bien, Monsieur le beau galant! riez donc. Faites nous voir le plaisir que vous auriez d'attraper cette vieille folle.

VALERE, *regardant de tout côté.*

Madame.... Tâchons de nous échapper.

Madame ARGANTE.

Merci de ma vie! si je ne craignois de faire tort à la réputation de ma nièce, je vous apprendrois le respect que vous me devez.

VALERE, *reculant.*

Madame... Certainement... Je n'ignore point... L'embarras.... Je ſuis bien votre ſerviteur, Madame.

(*Il ſe ſauve.*)

SCENE XIII.

Madame ARGANTE, *ſeule.*

ARIETTE.

Ah! ah! Monſieur le freluquet!
C'eſt qu'avec moi, malheur à qui raiſonne.
Çà, convenez du fait;
J'ai rabattu votre caquet.
Ah! vraiment la niche étoit bonne;
Mais, ma foi, j'en ſçais autant que perſonne.
Et depuis long-tems
Je connois les détours des amans.
Le pauvre homme! il ne ſavoit plus que faire;
De nos pimpans,
De nos fringans,
C'eſt l'allure ordinaire.
On les rend
Plus ſouples qu'un gant,
Lorſque l'on s'y prend
D'une certaine maniere.
Venez, venez, beaux mignons.
Ah! ah! ah! nousverrons.
Ah! ah! Monſieur le freluquet! &c.

(*Elle appelle.*)

Lucile, Lucile! Je veux ſavoir la part qu'elle a dans tout ceci. Lucile!... Elle ne répond point; qu'eſt-ce que cela ſignifie? Oh bien! je m'en vais la chercher moi-même. Mais, voici Monſieur Platinet; je ſuis ravie de le voir; il ne pouvoit venir plus à propos.

SCENE XIV.

Mme. ARGANTE, M. PLATINET.

Madame ARGANTE.

Soyez le bien venu, notre bon ami.

PLATINET.

Madame, j'ai l'honneur de vous ſaluer très-reſpectueuſement. Je vous trouve une gaieté extraordinaire; que vous eſt-il arrivé?

Madame ARGANTE.

Quelque choſe qui vous ſera fort agréable. Victoire, mon cher enfant, victoire! le champ de bataille eſt à nous.

PLATINET.

Qu'entendez-vous par-là, s'il vous plaît?

Madame ARGANTE.

Mon laquais & ma femme de chambre, d'intelligence avec un je ne sais qui, l'avoient caché chez moi pour vous supplanter ; je viens de les chasser tous trois.

PLATINET.

Comment ! Trois personnes sont sorties de chez vous aujourd'hui ?

Madame ARGANTE.

Tout autant.

PLATINET.

Vous ne sçavez pas encore tout, Madame Argante.

Madame ARGANTE.

Qu'est-ce à dire ?

PLATINET.

A ces trois personnes qui vous trompoient, & qui viennent de déloger, vous en pouvez joindre une quatrième, Madame Argante.

Madame ARGANTE.

Un quatrième ! Eh qui donc ?

PLATINET.

Votre nièce.

Madame ARGANTE.

Plaît-il ?

PLATINET.

Oui, votre nièce ; Lucile elle-même. La pauvre petite Agnès a changé de domicile. Le rendez-vous général est chez Monsieur Richard. Je vous en avertis, Madame Argante.

Madame ARGANTE.

Que dites-vous-là ? Seroit-il possible ? Suivez-moi, Monsieur Platinet : c'est ici qu'il faut se servir de la plume ; cette affaire vous intéresse autant que moi. Lucile est à vous, je vous l'ai donnée. Il faut qu'elle vous soit rendue.

PLATINET.

Madame, je suis bien votre serviteur.

AIR : *Tu croyois, en aimant Colette.*

Puisque votre nièce s'absente,
J'y vais renoncer pour toujours.
Je ne veux point d'une innocente
Qui sait jouer de pareils tours.

Je n'épouse point par Procureur, moi.

Madame ARGANTE.

Quoi ! vous sur qui j'ai toujours compté ?

PLATINET.

Adieu, Madame Argante. Hors de cour & de procès, dépens compensés ; je suis le cinquième qui prends la poudre d'escampette, Madame Argante.

(*Il sort.*)

SCENE XV.

Madame ARGANTE, *seule.*

MADAME Argante ! Le nigaud !... Tout m'abandonne, & me voilà sans secours. Quel parti prendre ? A qui recourir ? Ma foi, tout bien considéré, dans l'état où sont les choses, je crois que je ne puis me dispenser de consentir à l'union de Valere avec Lucile.

ARIETTE.

Oui, je vais,
Oui, je vais de ma nièce
Couronner la tendresse,
Et combler les souhaits.
(*A la cantonade.*)
Préparez un carrosse,
Et partons pour la noce.
Que faire ici ?
Mourir,
Languir,
Périr
D'ennui.
Le chagrin, à mon âge,
Cause trop de dommage.
Eh ! vive le plaisir !
Je menerai la danse :
Ta, la, la, la.

(*Elle danse comiquement.*)

Pour sauter en cadence,
Malgré mes cheveux gris,
Je vaux encor mon prix.
Le chagrin, à mon âge,
Cause trop de soucis.

Je menerai la danse, &c.

Ah! ah! n'est-ce pas vous, Monsieur, qui êtes Monsieur Valere?

SCENE XVI ET DERNIÈRE.

Madame ARGANTE, VALERE.

VALERE, *hésitant.*

MADAME.... Pardonnez.... Vous me voyez confus de tout ce qui s'est passé.

Madame ARGANTE.

N'en parlons plus. Ma nièce est chez Monsieur Richard?

VALERE.

Elle est au désespoir de cette démarche où mon amour l'a engagée. Son Tuteur & moi, nous avons beau la presser, elle ne veut absolument rien terminer....

Madame ARGANTE.

Comment! elle ne veut rien terminer! cela

est plaisant ! Quoi ! l'on me contredira sans cesse ! Oh ! nous allons voir. N'êtes-vous pas son amant ?

VALERE.

Oui, Madame, & j'en fais gloire.

Madame ARGANTE.

Ne s'est-elle pas échappée de mes mains, pour se remettre dans les vôtres ?

VALERE.

Oui ; mais elle se le reproche continuellement. Son attachement pour vous, qui ne s'est jamais démenti.... La crainte....

Madame ARGANTE.

Ta, ta, ta, l'attachement, la crainte, le reproche, voilà bien des raisons ! C'est moi qui veux à présent qu'elle vous épouse. C'est moi qui le veux. Entendez-vous ?

VALERE.

Mais, Madame, écoutez-moi, je vous en prie. Je vous dis que Lucile, par respect pour vous, ne veut consentir à rien, qu'elle n'ait votre agrément.

Madame ARGANTE.

Par respect pour moi ?

VALERE.

Oui, vous dis-je, par respect, par attachement, par reconnoiſſance pour toutes les bontés que vous avez eues pour elle.

Madame ARGANTE.

Voilà qui eſt charmant! cette chere enfant! où eſt-elle que je l'embraſſe? C'eſt mon enfant: oui, c'eſt moi qui l'ai élevée. Auſſi je l'aime.... Ah! çà, je vous la donne, voilà qui eſt fini. Mais ſongez à la rendre heureuſe; car elle le mérite.

DUO.

Madame ARGANTE.

Du tendre amour
Suivez, en ce jour,
Le doux empire.
Bien loin de vous nuire,
Je prétends couronner vos feux.

VALERE.

Du tendre amour,
Je ſuis, en ce jour,
Le doux empire.
Pour nous tout conſpire;
Vous daignez combler tous nos vœux.

Madame ARGANTE.

Oui, oui, j'y conſens de bon cœur.
Senſible à votre ardeur,
Cher Valere,
Je veux faire
Votre bonheur.

ENSEMBLE.

Du tendre amour
Suivez } , en ce jour,
Suivons }
Le doux empire.

VALERE.

Quel plaisir m'inspire
Ce charmant espoir !
Plus de crainte,
De plainte.
L'amour est, ce soir,
Pour nous un devoir.

Madame ARGANTE.

Rien ne nous arrête.
Allons, je suis prête.

ENSEMBLE.

Du tendre amour
Suivez } , en ce jour,
Suivons }
Le doux empire.

FIN.

ARIETTES.

ALLEGRO.
LISETTE.
JE le veux, je le

veux, Et ce-la ſuf- - fit,

Et ce-la ſuf-fit. Que la tan-te Se tour-

men-te; Que la tan-te Se tour-men-te,

Que la tan-te Se tour-men-te; Qu'el-le peſ-

te, qu'elle cri-e: Que m'impor-te ſa fu-

Se touchant le front.
ri - e? Je l'ai mis là;
Tout est dit, Tout est dit: Je l'ai mis
là; Tout est dit, Tout est dit, Tout est
dit. El-le a beau fai-re du bruit:
- - - Je le veux, & ce - la suffit, ce - la suf- - fit, ce-la suffit; Je l'ai mis là, Oui, là, là.

Tout est dit; Tout est dit; Tout est

dit; Tout est dit; Tout est dit; Tout est

dit.

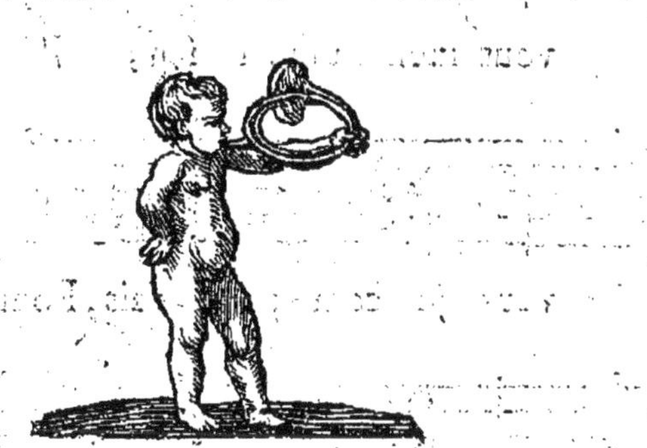

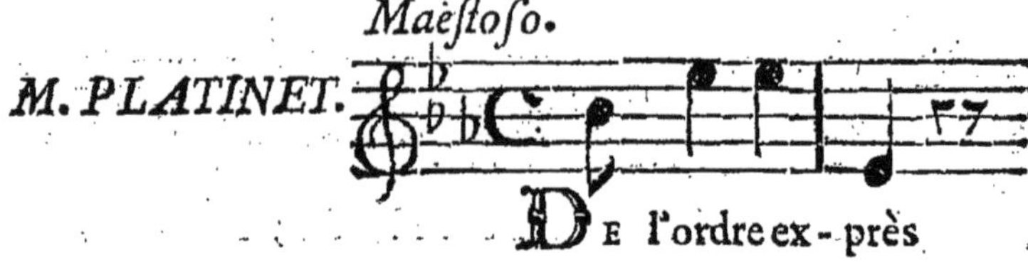
Maëstoso.
M. PLATINET.
De l'ordre ex-près

d'un pe-tit dieu, De l'ordre ex-

près d'un pe-tit dieu, Qui met pour

vous mon cœur en feu; Par-de-vant

vous je com-pa-rais, Pour ren-dre hom-

ma-ge à vos at-traits. Dai-gnez ou-

ïr bé-ni-gne-ment Les vœux ar-

dens d'un ten-dre A-mant; Et, par un
doux con-ſen-te-ment, Dans tous les
droits d'heureux É-poux L'in-tro-ni-
ſer au-près de vous, L'in-tro-ni-
ſer au--près de vous.
ANDANTE.
Md. ARGANTE.
SUIS-JE
di-gne qu'on me dé-teſ-te? Non,

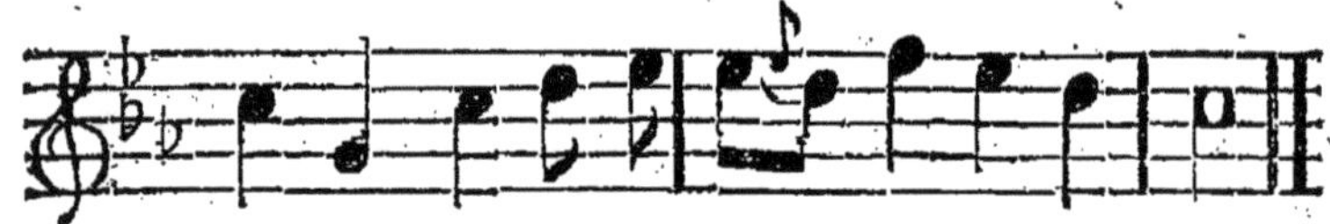

APPROBATION.

J'ai lu, par ordre de Monfeigneur le Chancelier, *La Reffource Comique*, Opéra-Comique; & je crois qu'on peut en permettre l'impreffion. A Paris, ce premier Septembre 1772.

MARIN.

De l'Imprimerie de C. SIMON, Imprimeur de LL. AA. SS.
Meffeigneurs le Prince de CONDÉ, & le Duc
de BOURBON, rue des Mathurins.

www.ingramcontent.com/pod-product-compliance
Ingram Content Group UK Ltd.
Pitfield, Milton Keynes, MK11 3LW, UK
UKHW020409230726
13925UKWH00003B/1324